KB206413

미쓰리즘

②

미쓰리즘 2

초판 1쇄 발행 2014년 11월 7일
초판 4쇄 발행 2022년 5월 13일

지은이 이보람 | **펴낸이** 신경렬 | **펴낸곳** (주)더난콘텐츠그룹

기획편집부 최장욱 최혜빈 | **디자인** 박현경
마케팅 박수진 | **관리** 김정숙 김태희 | **제작** 유수경

출판등록 2011년 6월 2일 제2011-000158호
주소 04043 서울특별시 마포구 양화로 12길 16, 더난빌딩 7층
전화 (02)325-2525 | **팩스** (02)325-9007
이메일 longest@thenanbiz.com | **홈페이지** www.thenanbiz.com

ISBN 979-11-85051-78-9 03810
     979-11-85051-79-6 (세트)

밋밋한 일상에 끼얹는 요망 한 바가지

미쓰러쥼

글·그림 이보람

북로드

여러분 안뇽?
어떤 말로 마음을 전해야 할까.
아니 어떤 마음을 전해야 할까.
늘 그렇듯 이런 편지는 참말로 어렵습니다.
만화를 그리면서 살아온 시간이 이제는 꽤 많이 흘렀습니다.
모두 저마다의 시간이 흘러갔겠지요.
다른 장소, 다른 시간을 보내면서도
간간이 같은 생각을 할 수 있었던 건,
역시 이 퀴퀴한 일기 덕분인 것 같습니다.

담고 싶은 게 점점 더 많아집니다.
그래서 퀴퀴한일기, 19번지로 놀러오세요
그리고 첫선을 보이게 될 19Mhz까지
꾹꾹 눌러담아 '마쓰리금'이라는 제목으로 선보이게 되었습니다.
설레는 마음 가득 담아 다섯 번째 책을 여러분께 선보입니다.

늘 생각합니다.
제가 건네는 이야기에 응원 받고 힘내주는
누군가를 볼 수 있다는 건
인생이 이쯤에서 끝나버린다고 전혀 아쉽지 않을 만큼
굉장한 일이라고 말이지요.
덕분에 늘 행복하고 감사한 마음입니다.

앞으로도 격한 우정 다짐으로 수놓아질 우리의 시간들이
방금 주문한 치킨만큼이나 기다려집니다.

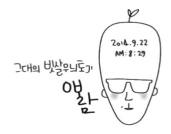

그대의 빗살무늬토기
앨람

2014.9.22
AM: 8:29

차 례

요망 쌀롱에 오신
여러분을 환영합니다

퀴퀴한 일기 ④

1초도 쉬지 않고
늙고 있습니다만...

19MHz

쿠쿠한 일기

③

요망 쌀롱에 오신 여러분을 환영합니다

분노왕

약속에 늦어 부리나케 쟈철을 탔다

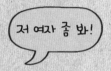

이어폰 속 노래와 노래 사이의 침묵을 뚫고
그지 같은 그 말을 들어버렸다

귀를 의심했다

그녀들의 눈은 나를 향하고 있었고
난 그 눈을 똑바로 응시했다

참을 수 없는 분노가 차올랐다

척

척

척

모유 수유 교실

긴흄 (33. 주부. 전직 변태간호사)

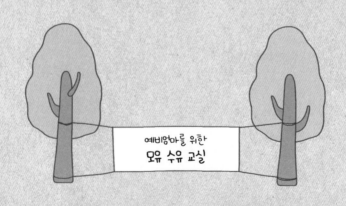

소원을 말해봐

밑에선 치고 올라오고
위에선 누르는 이 정글 같은 도시에서

하늘 한번 제대로 바라볼 여유 없이
꽁꽁 얼어붙은 마음으로
아까운 청춘을 보내고들 있는 건 아닌지

이 마쓰달마
심히 걱정이 됩니다 그랴

이 세상 모든 나쁜놈들은

이마를 훅! 날려
아기의 모양새를 띄게 하옵시고

고마웠어, 오빠 너무
좋은 신생아야

여친 몰래 간 클럽에서
그녀의 절친과 부비부비 하야

강남역 한복판에서 귓방맹이를 허락하소서

이 세상 모든 나쁜놈들은

밀폐된 남친의 차 안에서
똥방구를 뀌게 해주시옵고

...자기
뭐 싼 건 아니지?

세 시간 동안 쓴 보고서를 홀랑 날려
컴퓨터 앞에서 개처럼 울게 해주세요!

29

동물원의 이보람

33년 전

한글 이름이 핫했던 80년대 초반
'보람'은 나름 유니크한 이름이었다
bo-ram

나도 개간지 나는 한자 이름이 갖고 싶다

몇 년 전 어느 날,

동물원에 놀러 갔다

?!

응가 했어?

누ᅦ?!

깨끗이 잘 닦았지?
휴지접어서 네번?

네...?
네에...

전국의 보람이들이여
에블바리 스크림

〈 새옹지마 〉

어찌 보면 불투명함으로 점철된 인생이었다
힘든 상황 앞에서 새옹지마를 되뇌며
멋대로 다음 턴을 기대하는 것도
경험에서 터득한 동물적 감각이라는 생각이 든다

죽으라는 법은 없다지만 정말 미쳐 돌아갈 것 같은 시기가 있다
온갖 나쁜 사람들이 나 죽기만 기도하는 건 아닐까 의심이 들 만큼
물밖으로 건져져 땅바닥에서 숨을 헐떡이는
물고기와 같은 시기 말이다

죽어라~죽어라 하는구나 아주

좋아질 수도, 더 나빠질 수도 있다
재수 좋아 물 속으로 돌아가든, 번뜩이는 사시미칼로 회가 떠지든
모든 일이 어떻게든 끝이 난다는 건
어쩌면 참 다행스러운 일이다

그녀

그녀는,
열 살 연하의 남자친구가 생겼다고 선포했다

그래서 머리를 그 따위로 자른 거야?
어려 보이려고 발악하는 거냐?

야 스무 살짜리 보고
이성적인 매력을 느꼈다는 거잖아

저거저거
잠재적 범죄자구만 저거

솔직히 남성다운 매력은 없지만

여자가 그런 거하는 거 아니야
나만 믿고 따라와~

팻덩이 같은 것이 남자인 척하는 게 귀여워서
둥기둥기하다 보니 어느덧 정이 쌓이더라

사실 스무살은 뻔하다

이 맛도 저 맛도 아닌
세 개에 12000원짜리 안주가 나오는
벨소리 가득한 맥주집

고교생의 티를
채 벗지 못한
아기 같은 말투

엄마가 사줬을 것이 분명한 옷가지들

누구나 한 번쯤 과거로 돌아가고 싶다는 생각을 하지 않나

한숨이 섞이지 않은 건 아니었지만
그녀의 눈빛은 흔들리지 않았다

아슬아슬하지 않았다

아트병

전공이 디자인 쪽이라
친구들도 거의 예체능 계통이 많다

정말이지 멋진 작업을 하는 친구가 있는가 하면

좀 시시한 녀석들도 있다

시시한 거야 뭐 그렇다 쳐도
정말 참기 힘든 건

'워너비 특별' 하는 녀석들!

예술인=괴벽스러워야 한다는 강박에 싸여 있는 것 같아
불편하기 짝이 없다

뭐 인간관계라는 게 맺을 때가 있으면

끊어야 할 때도 있는 법

그조차 이 나이 먹으면
쉽지 않은 게 사실이긴 하지만

장마 안뇽

망해봐야 흥함이 즐거운 법!

근데 몸이 찌뿌둥~

일루와 개드럼 해줄게

팡팡

언니는 어떻게 이리 안마를 잘해?

아파봐서 어디가 아픈질 아는 거지

꾹꾹

언니 거기 그래 거기

그래,

장마도, 망(亡) 도, 어깨결림도
결국 다 필요했던 부분이었다

거짓말 하는 상대를 가장 쉽게 혼내는 방법은
바보 같이 속아주는 것이다

악당

나 자신에게 화가 날 때도 있지만
요즘은 예의 없는 사람들 땜에 화낼 일이 꽤 많았다

물론 늘 함무라비를 끼얹는 나란 여자

이렇게 악당이 탄생하는 모양이다

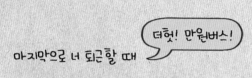

마지막으로 너 퇴근할 때

더헛! 만원버스!

치킨 사 들고
버스 따라 달 거당~

도화살

나 점집에 갔는데

넌 도화살이 잔뜩 꼈으니
남자를 조심하도록 해!

오~ 용하다
니가 그래서
남자가 끊이질 않나봐

몰라 기분 나빴어~

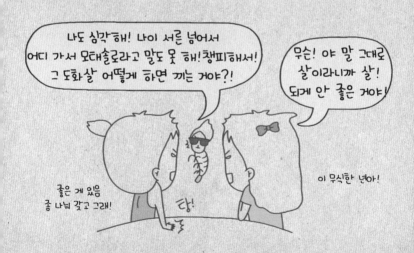

그렇게 시작된 라임 대 잔치

아하하하하핫
캬캬캬캬 킁 킁 킁 킁
크캬캬캬캬홋

도화살의 아이콘
역시 그녀였다

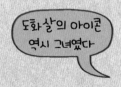

난 입이 튀어나와서
팔자주름은 숙명 같은 거라고
치과 언니가 그랬어...

야 나도 입 나왔잖아

우리가 이 나이 먹고 뼈를 칠 거야 뭘 할 거야
요즘은 수요가 워낙 많아서 가격도 많이 내렸어
너도 한번 맞아봐~ 연말 탱탱하게 보내야지!

그녀의 혀는 뱀과 같이 나를 휘감았고
나의 허리는 활처럼 휘어 강남으로 고고씽

헐렝!

무지하게 잘 생겼구만?
얼굴이 그냥 번쩍번쩍!

73

끼 부리고 싶다
엄청 끼 부리고 싶다
요망요망 열매를 씨까지 씹어먹고 싶다

페이스북

나 같은 직종의 사람들에게 SNS는 일종의 포트폴리오가 되어버려서
언젠간 해야지 해야지 하며 차일피일 미루고 있던 터

작가님 내가
맹글어줄게

헐! 진짜?!

유아마애잉글

소셜마케팅 업무를
담당하는
거래처의 박대리찡

민요작가2b
좋아요 2명

애완동물
그림 그리는 시간보다 개가 되는 시간이 더 많은 여자

내 소개

하이라이트 ▼

야

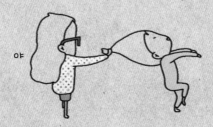

〈 잠식 〉

이렇게 지겹고 똑같은 하루하루가
시간이 많이 지나 돌이켜보면
하루만이라도 돌아가고 싶은 빛나는 순간일 것이라는 생각에
문득문득 조급한 마음이 든다

조금이라도 더 즐겨보자고
당장의 행복함을 더 자각해야한다고
내가 나를 다그친다

온종일 혼자 있다보면
이렇게나 쓸데없는 생각들에 잡아먹힌다

커플 브레이커스

앵그리버람

비켜!

저 임산부예요

뭐이!? 비켜!

그녀는 대단하게도 자리를 지켰고
노인은 더 대단하게도 연신 구시렁댔다

아마도 퇴근길이겠지

그녀의 고단함이 고스란히 느껴졌다

슬쩍 자리를 틀어 등짝으로 그시렁 필터를 맹글어주는 게
비겁하고 과묵한 여자의 최선이었다

기본값에 아줌마 버프 받으면
진짜 감당 안 될 텐데~?

이흥히힝 ♡

다프트펑크 헬맷쓰고
주둥이에 납땜하러 댕길지도 모른다 구염~

새해소원

목표라는 게 점점 더 막연해져서

딱 한 살만큼만 좋은 어른이 되는 것이
새해의 목표가 되어버렸다

가만 생각해보면,
'멋진 어른' 하면 떠오르는 이미지는
대부분 누군가의 말에 끄덕이고 있는 모습이다

꼰대와 어른의 차이는
말하려는 자와 들으려는 자의 차이일지도

퀴퀴한일기

④

1초도 쉬지 않고 늙고 있습니다만...

흰둥이의 애완인

개는

그저

귀여운 얼굴

사랑스러운 성격

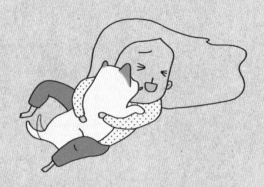

그게 다인 줄 알았다

함께 슬퍼하고

날 걱정해줄 거라곤
생각해본 적 없었다

털이 듬성듬성 빠지고

귀가 들리지 않아 집이 떠나가라 짖으며

언니 일어나!!

지치고 노쇠한 몸에서
비릿한 냄새를 풍기게 될 줄 몰랐다

그런 것 얼마든지 다 참아줄 테니
오래도록 내 옆에서 성가신 존재로 있어달라
부탁하게 될 줄은 꿈에도 몰랐다

엄마 저거 또
술처먹었어?

하루이틀이냐

사이좋은 삼총사

잠이 많다

잠이 진짜 많다

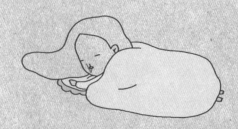

인간에겐 3대 욕구가 있다지

식욕

성욕

수면욕

하지만 가끔은
오로지 수면욕만이 존재하는 것 같단 생각이 든다

저거 또 자네...

식욕으로 수면욕을 채우는 중이야

3대 욕구라는 건, 적절히 분배가 되어야 하는데

어느 한쪽이 모자라면 나머지 부분에서
채우려고 하는 성향이 있다

그래 코 자~

안돼

쳐잘거야
미친듯이 쳐잘거야!

에휴 박복한놈...

미쓰리의 팔순 생파

지금은~ 백세시대!

보람이...

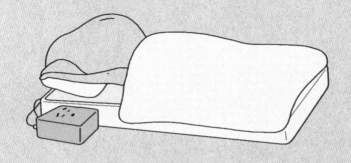

으헝헝헝... 보람이...

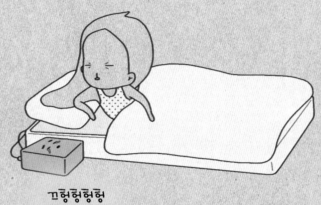

끄헝헝헝헝헝
보람이이이...

노즐을 제대로 꽂아줘 보람이
아흑 아흐흑 끄흑!

온수매트 노즐을 헐겁게 잠그는 바람에
새벽에 물벼락 맞은 이보람

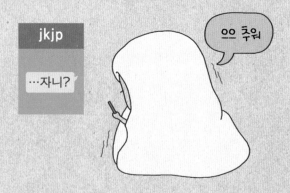

모든 것의 시작점에선 그 끝점이 아주 조그맣게 보인다
그 크기를 가늠치 못하기에 너무 많은 에너지를 소모하기도 하고
지레 겁을 먹고 한 발짝도 나아가지 못하기도 한다

모든 것이 그렇다
상처투성이가 되더라도 끝을 본 사람은
그 상처마저도 섹시 포인트가 된다

파스 냄새 풀풀 나는 섹시스트가 될 테다

그때는 모른다

우리학교 교복은
똥물에 염색을 했나

쪽팔려 죽겠네 증말

그 당시엔 정말 거지 같아서 눈 뜨고 봐줄 수 없을 지경이었지만
교복이 주는 싱그러운 매력은 그 어떤 옷과도 비교할 수 없다

뭐, 나름의 고민이 있겠지만
어른이 되고 나서의 고민에 비하면
마시멜로 수준이기도 하고

무언가를 "몰래" 한다는 즐거움을
만끽할 수 있다는 것도 부럽다

그 중에서도 가장 부러운 건
혼내주는 사람이 있다는 것이다

어른이 되면 혼을 내주는 상대가 없어진다

이보람(33) : 베짱이

잘못을 하면 그냥 난 잘"못"하는 사람으로 인정

응답하라 1999

요즘 애기들은
조런 시타일이 유행인가베?

귀엽구만

우리 어렸을 때
생각난다

힙합퍼들의 부흥기 세기말

리바이스 501에 마치 첫 눈과도 같은 순결한 에어포스 신어주면
강북 최고멋쟁이 등극은 시간문제였다

이거 엠파쓰리 씨디피야
노래 겁나 많이 들어감

지댄데?

=지댄데?
지금 표현으로는 '쩐다'
뭐 이 정도의 느낌

남자들은 약속이라도 한 듯 폴로스포츠 향수를 뿌려댔고

노티카잠바는 댄디함의 상징이었다

고급진 쌩지 찐청의
바지 끝을 스알짝 롤업하면
잔망스럽게 고개를 내미는 빨간 띠!

마자플라바(MF)는 간지의 끝이었고
또 다른 시작이었다

GV2 청치마에 나이키 허모사를 끼었으면
4.72초만에 남친이 생기는 기적이 일어나기도

하지만 이 모든 열풍은 이것을 위한 전초였으니...

엔진치마

엔진치마에 코르테즈, 흰 티와 왕 귀걸이는
끝을 모르는 듯 세포분열을 했고

어디야~ 언제 와~

나 지금 삼 번 출구ㄴ데
누가 넌지 모르겠어

여기 지금 너 백 명 있어!

초라할 필요가 없다

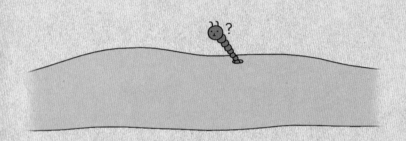

푸른 잔디

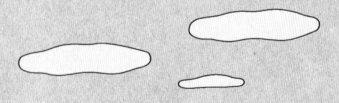

구름

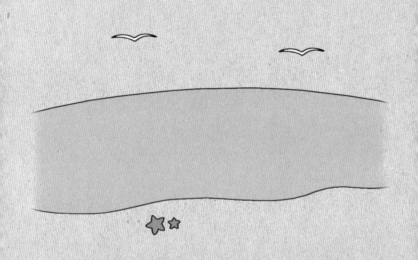

해변

멀리서 봐야 스크린 세이버 같지
가까이 들여다보면 그냥 그렇다

남들은 다 멋지고
재미지게 사는데

겁나좋아요

나만 요 모냥 요 꼴인 것 같겠지만
막상 걔들도 다 고 모냥 고 꼴일 거다

누구나 마음속 옷장엔

김치국물 묻고 보푸라기 투성이인 티셔츠가 있을 테니

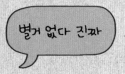

내가 줴일 찰라가

재벌 2세가 갑자기 나한테 꽂혀 눈이 돌아간다든지
술 먹고 산 로또가 덜컥 당첨이 된다든지 하는 일은
마치 복근과 같은 것이다.

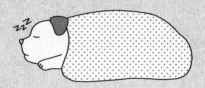

자고 있는 개 코 냄새

때 목욕 후의 버네너미역 (≒빠나나밀크)

끝마친 일정 빨간펜으로 지우기

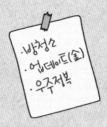

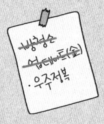

새로 산 이어폰의 말끔한 사운드

빵빵하구먼~

공포의 크리스마스

일 년 중에 가장 위험한 날
크리스마스 긴급 경보입니다!!

최대 한파+인파로 인한
여러 가지 위험이 도처에 도사리고 있으니
이점 숙지하시기 바랍니다

커플이 특히 많은 스케이트장
굉장히 위험하죠

고급 레스토랑이라고 안심할 순 없죠

급 쏘!

옆 테이블에서 날린 와인 뚜껑에
급소를 맞아 기절하는 사고도 빈번하다는 거
꼭 기억하세요

막히는 차 안에서 참지 못해 방구를 껴버린 당신은

...이런 더러운 방구벌레!

쵸야!

이 와중에 또 뀌고 있어!
이 든적스러운 것

방구벌레!

후각을 잃은 연인에게 귓방맹이를 맞고
처참한 이별을 맞이하게 될지도 모르죠

많은 인파가 모이는 크리스마스 저녁
길바닥에서 쌍박질하는 추잡한 커플의 모습이
바로 당신의 것이 될 가능성이 몹시도 큽니다

자 어떤가요?
이래도 크리스마스에
밖으로 나가실 건가요?

몸에게 고함

1. 손톱처럼 머리카락도 빨리 자라게 해달라!

이번 주에 단발로 자르면,

다음 주에
허리까지 오게 해달라!

2. 때를 가려서 아파 달라!

이번 주는 좀 곤란하구요
당주 수요일쯤 아퍼 주실래요?

3. 기억 소프트웨어를 업그레이드 해달라!

4. 얼굴 빨개지는 기능을 개선해달라!

처음 뵙겠습니다

네, 처음 뵙겠습니다

엄훠 상남자...

김아롱이라고 합니다

아아 네헤흐흐흐흥 저는 이히히히 보흐흐흐훗라캬 하함

시스템 에러인가
왜 귀까지 빨개지는가!

멋진 신세계

지금 2G폰을 보면 아련한 옛 기억이 떠오르듯이

시간이 지나면 언젠가는...

164

멋진 신세계가 이제서야 열렸는데
난 이미 백 살이 넘었구나...

100살이 넘어서야 나쁜 여자의 연애법을 터득한

妖妄(요망) 이보람 翁(옹)

엄마의 엄마

어떤 분이 이런 말씀을 해주셨다

일흔 살의 여자에게 딸이 없다는 건

일곱 살 먹은 여자아이에게
엄마가 없다는 것과 같다

내가 내 앞가림 한 지 어언 6년

인생이 흉년이었다

늘 가물었었드랬지
슈발

다시 말 해서
내가 니년 뒷바라지를
언 25년을 했다는 거지

예리한데?

25년을 엄마의 등골 브레이커로서
별일 없이 잘도 살아왔다 다만···

나에겐 할머니가 없었다
두 분 다 일찍 돌아가셨기 때문에

할무니 찌찌가 쳐졌얼~

이년이!

할무니~라고 엉덩이 빼고 어리광 부리는 친구들이
그렇게 부러웠다

어느 날은 티비를 보는데 엄마가

아, 우리 엄마 보고 싶다

뒷통수를 후려맞은 듯한 기분이었다

맞다, 엄마도 엄마가 있었겠지 하는
병신 같은 생각을 했다

갑자기 엄마를 그리워하는 엄마가
너무나 가여워졌다

그녀가 일흔이 되었을 때
작고 앙상해져 있을 두 어깨를 꼭 붙들어주리라 다짐했다

〈끈〉

친구, 가족, 동료
끊어질까 두려워 꼭 붙들고 있는 관계의 끈을
놓고 싶은 순간이 점점 많아진다

ㅣ 덕분에 잘 지내고 있습니다

하지만 지긋지긋한 마음보단
혼자 남겨지는 것에 대한 두려움이 언제나 크기에
오늘도 투덜대며 그 끈을 꼭 잡고 만다

비겁함은 사람을 양체같이 만든다

다음 두 개의 예시 중 하나를 선택하시오

1. 60세까지 지금의 얼굴로 살다 61세가 되는 1월 1일 자정
   그 동안의 나이를 한번에 먹어버린다

2. 그냥 자연스럽게 늙는다

당연히 2번이지
자연스러운 게 좋은 거야

178

30년 동안 난봉질하다

61세를 앞둔 한 달 전쯤 되면
그 미치기 일보 직전의 기분을

그대로 기록할 거야

며칠 후면 30살을 먹어버릴 것에 대한
공포, 분노, 지난 선택의 후회.

웃기지 않아?

60살이 되는 해에
늙어버리는 계약 따위
애초부터 없었어

조여오는 초조함에 지 혼자 늙어버린 거지

마치 처형 전 날 머리가 하얗게 세어버린
앙투와네트처럼 말야

모든 게, 언젠가는

엄마의 엄마가 그랬듯

엄마도 언젠가는 나의 곁을 떠날 테고

친구의 강아지가 곁을 떠났을 때
함께 지었던 눈물이

언젠가는 나의 것이 될 테지

마음 부대끼며
울고 웃던 사랑도

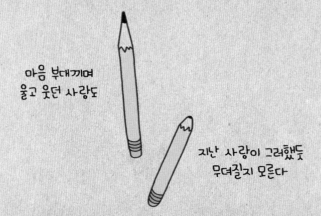

지난 사랑이 그러했듯
무뎌질지 모른다

모든 것이 언제까지나 그 자리에
그 모습 그대로 있어주지 않는다

애써 삶을 비관 하는 것만큼
값싼 사치는 없다

| 에필로그 |

꽃

꽃이 시들었다

어쩌면,
애초부터 꽃이 아니었을런지도

오랜 여행길에 올라
오랜만에 친구를 만났다

아ㅡ뒤질 뻔했네
그지 같은 이코노미

니가 더 그지 같애

너 진짜 늙었다
사십 살 같애

넌 할아버지 같애

거울마냥 매일 보던 얼굴을
몇 년 만에 마주하니
나의 늙음이 피부로 와 닿았다

이젠요 돌네

그렇게 긴 여행을 마치고 집으로 돌아오니
노부부가 피곤한 얼굴로 늙은 딸을 맞아주었다

엄만 가방이고
아빤 빤스냐?

아기 시절 눈처럼 하얀 털로 뒤덮여있던 흰둥이는
하얗게 되어버린 눈으로 나를 바라본다

언니 보고팠썰!

둥이—
턱을 왜케 떨어...

모든 게 늙어 있었다
꽃이 시들었다

물론
모든 게 지고 핀다

한번 만개한 꽃은 절대 다시 필 수 없다는 걸 알고 있기에
떨어진 꽃잎의 아쉬움은 뒤로하고
그것이 비료가 되어 또 다른 싹이 나길 기대하고 있다

그렇게 다시 피어나길...

19 Mhz

ON AIR

커먼요

걸친에게도 털어놓기 애매한 궁상맞고 찌질하기 짝이 없는 고민들
그렇게 꽁꽁 쌓아만 놓으면 사리밖에 더 생기나요?
주저 말고 여기 마쓰리의 19Mhz에 털어놓아보세요

뭐라고?

헤어지자고

무.. 무슨 소리야?
갑자기 왜 이래?

갑자기 아니야
많이 생각하고 내린
결정이야

좋은 사람 만나라

194

견딜 수 없는 존재의 무거움

이런저런 연애 끝에 만신창이가 되어
다시는 연애 따위 안 하겠노라 다짐도 했었어요

그 사람 만나기 전까지는
사람과 사람이 밈이 같다는 게

어떤 말인지 알겠더라구요

밍?

마치 쌍둥이같이
내가 치! 하면 킨! 할 수 있는
그런 거 말이에요

밈[meme]

유전자처럼 개체의 기억에 저장되거나
다른 개체의 기억으로 복제될 수 있는
비유전적 문화요소 또는 문화의 전달단위

너는 왜 나 같은 놈을 만나?
학벌도, 집안도, 연봉도
다 니 발끝에도 못 미치는데

또 그런다

자기 자신에게 너무 자신감이 없는 게
단점이라면 단점이었죠

하지만 저는

루부탱 신고 분식점을 가도
2,55 들고 버스를 타도 즐거웠어요

또 떡볶이야?
만날 떡볶이만 먹쟤~

맛있잖아~

그이하고 같이 있으면
행복 경시대회 1등 할 자신 있었으니까

그런데

헤어지자는 거에요 갑자기

아버지 사업이 너무 힘들어졌어
나 이제 정말 퇴근하면 알바라도 해야 해
지금 나한테 연애는 사치인 것 같다

그런 말이 어딨어
이럴 때 같이 힘들어야
하는 거 아냐?

어차피 너는 나한테 안 맞는 옷이야
내 욕심에 언제까지 널 붙잡아두니?

너 힘들 때
가장 먼저 제칠 수 있는 거네
나 같은 건

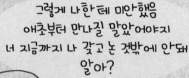

... 미안해

그렇게 나한테 미안했음
애초부터 만나질 말았어야지
너 지금까지 나 갖고 논 것밖에 안돼
알아?

그래 그만해
나도 지긋지긋하다
너 이러는 거

솔직하게 얘기해
너 나 좋아하잖아
나한테 미안해서 이러는 거잖아 지금

왜 힘들 때 혼자서는 어떻게든 버텨보지만
누가 옆에 있어서 더 비참해지는 경우가
있잖아

이를테면 생일에 혼자는 있어도
엄마랑은 같이 못 있겠는 그런 거

아이구 내새끼~
잘 먹네~

생일에 친구 하나 없이
집에서 밥 먹는 내가 안쓰럽겠지?
엄마도 마음이 불편할거야 아마...

지금 그 사람에겐 그 쪽 존재가
정말로 짐이 됐던지도 몰라
이건 사랑하고 사랑하지 않고의 문제가 아니니까
지난 시간까지 의심하진 말았으면 좋겠구나

난 그럼
어떻게 해요?

어떤 이별이든 힘든 거야 고스란히 내 몫이니 버티는 것 말고는 수가 없지
마음에 들어오는 누군가가 있다면 자연스럽게 만나면 되고
그렇지 않다면 그냥 기다려보는 것도 방법일 거야

상황이 바보 같을 땐
그냥 바보처럼 굴어

-끗-

열두 번째 사연

그녀의 남자친구

예쁘고, 귀엽고, 착하고, 애교 많은 그녀

딱 한가지 단점이라면

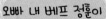

오빠 내 베프 정훈이

안녕하세염

네... 아...
안녕하세요

나이 차이가 워낙 많이 나는 커플이라서
요즘 애들은 우리 때랑 많이 다르구나 싶었죠
그냥 세대 차이인 줄 알았어요

물론, 여자친구가 지 남자사람 친구와 나란히 서있는 모습이
좀 생경하긴 했지만.. 그냥 그러려니 했어요

그런데

짠! 토요일에 연극
예매했지롱~
너 이거 보고 싶다고 했었잖아

어?
나 토요일 안되는데?

정훈이 만나기로 했어
미안 오빠, 다음에봐

왜?

자기 지금 어디야?
퇴근길에 너무 보고 싶어서
자기 집 앞으로 왔지롱~

오빠 미안~ 나 지금
정훈이랑 영화 보러 왔어
끝나고 전화 할게~

잠깐 나올 수 있어?

거기 정훈이도 갔고?

당연하죠 그 자식은 다 껴 아주 호로새끼 같으니라고

여친은 씐나게 놀고 있고 당신은 방구석에서 그 꼴 구경하고 있고? 아이고 가엾어라...

진짜 도저히 이해 못하겠어요

만에 하나 진짜 둘이
쥐 잡는 끈끈이 정도의 우정 다짐을 하는 관계라면

정훈아 미안
나 그날 오빠랑 1주년이었어
우리 담에 봐야겠당

그려그려 괜찮아
잼께 놀아~

상식적으로 기념일에 잡은 약속 정도는
취소하는 게 맞는 거 아녀?

하지만 이렇게 막돼먹게 행동한다는 건

당신은 그저 만기환급 가능한
보험일 가능성이 높후하다는 얘기지

걔는 아쉬울 게 없거든
지가 그렇게 개같이 굴어도
다 받아주는 호구력 만렙인
남자친구가 있으니까

친구들도 다 헤어지라고,
걔는 진짜 아니라고 하는데
마음이 맘대로 안되네요

좋아, 그럼 맞불작전
함무라비를 끼얹어버려!

맞불작전?

자기도 여자사람 친구 한 명 만들어 이왕이면 엄청 섹시한 언니로 말야 완전 비싼 정장에 샤넬향수 막막 뿌리는 그런...

에이 그런 친구를 어디서 갑자기 만들어요

나 있잖아 나나

경찰에 신고한다 진짜

연애의 온도가 쌍방이 같기란 쉽지 않다

나의 온도가 상대방보다 높다고 해서 패배감에 휩싸일 필요는 없다

차가운 상대방은 나만큼 이 축제를 즐기고 있지 못하므로 냉정한 의미에서 본다면 그쪽이 패배자일 공산이 크니까

-끗-

열세 번째 사연

뜨거운 것이 시려

오늘 친구 생일이었어요

야~ 생일 축하해
이따 어디서 볼까?

야! 삼십 대 접어든 기념으로
오늘 밤에 화염방사기 한번 쏴보자
오늘 작정하고 나왔나!

아...

예전엔 진짜 동네에서 알아주는 불나방이었지만
언젠가부턴 뭐랄까.. 좀 부담스럽더라구요

그냥 핫하고 파릇한 애기들 틈 사이에
나만 어중간하게 껴 있는 것 같은
기분이랄까?

왜?

근데 그게 또
너무 정적으로 지내다 보면 불안한 거야
내 인생 황금기는 이제 파장한 것 같고

안 가면 되잖아

할튼 그렇게 내키지는 않았지만, 친구 생일이고 하니 갔어요
그래도 이왕 갔으니 슬슬 발동 걸고 있는데
어떤 놈팽이가 말을 거는 거에요

안뇽?

음~ 안뇽

오늘 별로 재미없다
안 그래?

음~ 뭐

에휴~ 오빠는 내일모레 서른이라 그런지
이런 데 이젠 못 오겠다
년 몇 살이야?

'난 오늘 서른이야
이새끼야'

흥칫!

캬핫

등에 땀이 쭉 나더라고
내가 무슨 주책바가지 같고

225

아이고야~
아고아고아고

아고 내 등가니야~
아고 죽겠다 아고아고

아 맞다!
아까 명함 받았지!

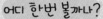

어디 한번 볼까나?

랄라~

보자~ 보자보자
이름이 무어냐~

무릎 멀쩡하고 노안 오기 전에
열심히 다녀두든지

이거저거 다 성가시고 귀찮으면

이불 속에 구덩이 파고 들어가
내장파괴 하는 것도 좋고

목요일쯤, 스스로에게 솔직해져 봅시다
내가 놀고 싶어서 노는 건지
쳐지기 싫어서 노는 건지

적어도 놀 때 만큼은 의무감에 휩싸이지 맙시다
지금 가장 원하는 것이
불금에 대한 정답이니까

-끗-

얼레? 주말에 온다며?

여자친구가 주말에 출근하게 됐대요
그래서...

여자친구가 바빠서
만날 시간이 없나보지?
고게 고민이구먼?

아뇨 그래도 일주일에 한두 번은
꼬박꼬박 만나

그런데... 문제는

그녀 머릿속의 지우개

우리 저번에 갔던 카레집 갈까?
왜 태국식 카레~ 자기가 맛있다고 했잖아

응? 어디지?

저번 달에 갔잖아 내가 거기서..

뭐??

아.아냐

헐랭! 그걸 까먹은겨?

내가 거기서 반지 줬거든요!
커플링! 18K!

이뿐만이 아니에요

근데, 그거 빼고
나무랄 데 없는 사람이라면
좋게 생각해봐봐

왜~ 맨날 늦잠 자던 사람도
정말 중요한 날은 알람시간 전에
강시처럼 일어나기도 하잖어

벙떡!

부릅!

긴장하니까

기억 총량의 대부분을
사회인으로서의 역할에 몰빵하는 애인에게 지친 당신
선택지는 두 가지 입니다

애인을 바보다~ 생각하고
업고 다니든지

으휴 칠칠아

잇힝~
나 바보닭!

A부터 Z까지 꼼꼼하게 기억해줄
다른 사람을 만나든지

더 이상은...
naver...

꺅!!

끙

－끗－

술이 원수

입사 초기부터 정말 잘 챙겨주던 선배가 있어요

괜찮니?

첨엔 다 그래~ 괜찮아
이 과장도 그렇게 나쁜 사람은 아니니까
너가 이해해~ 담부턴 이런 실수
하지 말고

알았지?
힘내라!

네 선배
감사합니다

딱히 남자로서 매력이 있었던 건 아니지만
자상하게 챙겨주는 게 어찌나 고맙던지요

244

우와! 이게 뭐야?
뮤지컬 티켓이잖아?

선배 여자친구랑 싸웠다면서요
재미지게 보고 풀어요~

야~ 내가 후배 하난 잘 뒀네
정말 고마워! 잘 볼게!

네!
화이팅 하세요!

그런 선배를 저도 정말 잘 따랐었죠
친오빠처럼요

사건의 발단은 팀 내 대대적인 회식이 있던 날이었어요
그날 퇴사 하시는 팀장님이 계셔서
다들 부어라 마셔라 분위기였는데,

그날 아침 모텔방에 흐르던 침묵의 공기를
죽을 때까지 잊지 못할 것 같아요
아니 죽어서도 기억이 나서 날 괴롭힐 테지

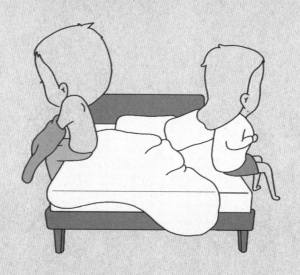

그렇게 데면데면한 채로
지내고 있었는데...

그래서?

민정아 잠깐 얘기 좀 할 수 있어?

249

지금까지 쌓아온 바른 생활 사나이 이미지에
행여나 흠집이라도 날까 애절하게 부탁하는
선배의 눈을 보니 참... 만감이 교차하더라구요

그죠, 근데 막상 나한테
그런 부탁하는 선배 모습을 보니까
기분이 또 되게 거지 같은 거에요

에휴 그쪽도 얼마나
애를 끓였겠어

근데 어차피 사회 친구는
둘 중 누구 하나 결혼하거나 이직하면
소원해지는 게 사실이잖아
조금 미리 헤어졌다고 생각해
그래도 재미는 봤잖어

무슨 말을
그렇게 합니까!!

누구 탓을 해
내가 어지른 건 내가 치워야지

선을 지킨다는 게 왜 이렇게 점점 어려워지는 건지
어렸을 땐 그렇게도 쉬웠었는데

—끝—

헐랭?!
이게 뭐야??

Mr. 노가리

아니 꼴이 왜 이모냥이야
말라 비틀어져 갖고는

알바를 세 개씩 하니까
잠을 못 자서 너무 힘드네요

아이쿠 알바는 왜?
뭐 사고 싶은 거 있어?
누나가 사줄까?

그런 거라면
제가 여기 왔겠어요?

그녀는 참 예뻐요

참 정말이지 얘가 왜
나같은 남자를 만날까 싶을 정도로
느으느으느으 예쁘답니다

솔직히 나도 바보가 아닌 이상 알죠
내가 많이 끌려다닌다는 거

힝...
근데 넘 비싸네...

사~
오빠가 사줄게

정~말?
근데 이거
너무 비싼데에??

괜찮아~

하이구 이런 병...

알아요
나 병신 호구거...

엄마 생신선물은 쿠팡에서 사도
여친 생일엔 무조건 백화점 데려갔구요

한번 만날 때마다 밥값, 커피값, 택시비, 영화비...
모두 당연히 제 몫이었죠

그 녀석 바래다주고 텅텅 빈 지갑으로
한 시간 넘는 거리 걸어오는 일도 부지기수였지만

아무리 힘들어도 그 애 웃는 얼굴만 보면
타우린이라도 끼얹는 기분이었으니까
다 괜찮았어요

이게 사랑이고,
남자의 도리라고 생각했었는데

그런데

배낭여행 가려고 악착같이 모아놨던 통장 잔고가
바닥을 보이기 시작할 즈음

뭔가 이건 아니다 싶은 거에요

여우 같은 여자친구
어떻게 해야 할까요?
한번 조심스럽게 얘기해봐도
될까요?

말로는 백 번이고 천 번이고
사랑하겠지 여자친구 진심이
정 궁금하면 가서 물어봐 나 요즘 힘들어 죽겠는데,
내가 신세 좀 져도 되겠냐고 물어볼 자신 있어?

아뇨...

그럼 답은 이미 나왔네

아이코
벌써 시간이...

264

어디가?
얘기하다 말고?

알바 시간이 다 돼서
먼저 가볼게요 누나

저거 장기까지 다 털려야
정신 채리겠구만
맘대로 해라 지 팔자 지가 꼬지

속상해서 증말...

상대방이 좋아 죽겠을 때
스스로 점검해봐야 할 체크포인트는

나는 지금

☐ 사랑을 하고 있는가
☑ 봉사를 하고 있는가

타성에 젖은 관계는 결코 행복할 수 없다
주는 만큼 받는 것 역시 중요한 게 사랑이다

-꽃-

왜? 권태기?

ON AIR

글쎄... 이것도
권태기라면 권태기겠죠?

권태로운 사고

같이 어딜 가면 남매 같다는 얘기 많이 들어요
'닮았다 잘 어울린다'

8년을 만나면서 하루도 지루한 적 없었고
이 사람 아니면 누가 나 같은 걸 이렇게나 사랑해줄까 하는 생각에
가슴 벅찬 적도 많았구요

이 새끼가 왜 이래~

그 사람은 저의 애인이자 가장 친한 벗이었어요
나에게 정말 소중한 사람...

뭐 이렇게 혀가 길어
본론부터 말해봐 뭐가 문젠데
속궁합이 안 맞아?

헉!

훈남이 되어 돌아온 빙구와
이런~저런 얘기 나누다보니, 시간 가는 줄 모르겠더라구요

그렇게 밤이 깊어가면서 하나, 둘 자리를 뜨고
결국 우리 둘만 남게 되었는데

근데
남자친구한테
전화 안 와?

8년 정도 만나면 그냥
아침 저녁으로 생사만 확인해요

에라이! 그렇게 믿어주는 남자를 재우고
빙구랑 으씨ㅑ으씨ㅑ 했단 말이지?
지가 사고쳐놓고 어디서 권태기 타령이야!?

아악!
왜이래여!

나 정말 승질나서 못 들어주겠네
그래서 빙구 같은 빙구가 사귀재?

나 남자친구랑 정리 되면...

그래서, 뭐가 고민인 건데?

남자친구랑
나쁘게 헤어지고 싶진 않아요
상처 주고 싶지도 않고
좋은 추억으로 남기고 싶은데...

드러운 짓거리 잔뜩 해놓고
무슨 수로 좋은 추억으로 남아?
어디서 착한척 이야
재수없게?

이미 재투성이 된 밥에
보이는 재만 골라내면 먹을 수 있을 것 같아?

하다못해 컴퓨터를 껐다 켜도 몇 분이 걸려!
근데 사람이 사람하고 만나서 살 부비다 안녕하는 게
어떻게 그게 그렇게 간단하고 쉬워!

재부팅하겠다능~

그래, 뭐 상황에 따라
어렵지 않을 수도 있겠지
그걸 나쁘다고 할 수는 없지만
적어도 포장은 하지 말자

역겨운 년보단
나쁜년이 낫지 않겠어?

정성 들여 그럴싸하게 나를 포장해도
나 스스로가 후지다면 그게 다 무슨 소용인가

끝이 중요한 이유는 처음과 맞닿아 있기 때문이다

-끝-

어머나~ 프리티 보이 웰컴!

ON AIR

안녕하세요~

예쁜 남자

보시다시피 저는 남자치고
체구도 외소하고, 예쁘장한 편이에요

이런 외모 탓에 늘

야, 넌 사내새끼가
왜 그렇게 매가리가 없냐?
너 여자 손도 못 잡아봤지?

요딴 소리나 듣기 일쑤였죠
하지만 저는 건강... 하진 않지만 할튼 그냥 평범한 남자예요
저의 고민은,

직장 내 여자상사들의 성희롱이에요

동기들 중 유독 저만 쉽게 대하는 게 보여요

소름!

결정적 사건이 터진 건 회식날이었어요

현석씨~

아이쿠.. 괜찮으세요?
잠깐 계세요
택시 잡아드릴게요

번뜩!

승낭~!

응?

283

평소 가장 짓궂게 장난 하던 팀장님이
제게 기습적으로 키스를 했습니다
전 너무 당황해서 도망치듯 자리를 떠났구요

밤새 한숨도 못 잤어요
너무 불쾌하고 억울해서

그래서 다음날 아침
팀장님에게 따져 묻기로 했죠

팀장님, 어제...

아, 내가 술이 좀 과했지?

저한테
사과하셔야 할 것 같습니다

뭐? 아~하하하
현석씨 진짜 귀엽다
알았어 알았어 미안해
다신 안 그럴게, 됐지?

우~쭈쭈쭈

그게불능이네 진짜 그 여자

여칠 후
여직원들끼리 하는 얘기를 들었는데
저를 완전히 바보로 만들고 있더군요

내가 뭐랬어~
현석씨 게이 맞다니까
ㅋㅋㅋㅋ

고자 아니야 고자?

왜 여자들은
육체적으로 접근하면 남자가
무조건 오케이 할 거라고 생각하는 거죠?

뭔 소리야 그년들이 이상한 거지
여자들을 싸잡아 욕하진 마

모르겠어요.. 그냥 요즘엔 노이로제가 생겨서
여자 자체가 싫어지고, 무서워지고 그래요

현석씨 잘 들어
자기가 절대 남자답지 못해서 이런 수치스런 일을 당한 게 아니야
걔들의 문제야! 엄연히 범죄라고 이건!

여자의 성적 권리만큼
남자의 그것도 아주 예민한 건데
남자라서, 부하 직원이라서 묵인할 이유는 없어

하지만 제가 걸고 넘어지는 것 자체가
비웃음거리가 되는 걸요

괜찮아, 그럴 수 있어 이해해
하지만 앞으로 같은 일이 있다면
현석씨가 할 수 있는 모든 멸시와 조롱을 담아
정식으로 의사 표현을 해~ 절대 참지 마

권력을 이용해 무언가를 얻고자 하는 모든 행위는 야만적이다

특히 본인의 권력으로 성적인 만족을 취하고자 하는 건
상식적인 인간이라 볼 수 없다

아니

인간이라 볼 수 없다

열아홉 번째 사연

그래, 어쩐 일로 오셨을까?

언니.. 나 아무래도 남자친구랑 헤어져야 하는 걸까요?

ON AIR

응!

ON AIR

뭐야! 들어보지도 않고!

스펙 차이

동갑인 남자친구는 정말 좋은 사람이에요
착하고, 다정하고, 나 많이 사랑해주고

그런데 한가지 문제 아닌 문제라면

진원씨~ 가습기 청소 했어?
물에서 냄새나는 것 같어~

네네!

진원씨 이거 좀
여기 옮겨줘~

진원씨 이따가
택배 좀 받아놔~

좋은 아침~

약사님~ 오셨어요?

남자친구가 우리 회사 알바라는 것

첨엔 우리가 연인이 될 거라고 상상도 못했어요

끌리는 마음은 있었지만
그러지 말아야지 말아야지 스스로를 다잡았었는데

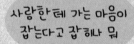

사랑한테 가는 마음이
잡는다고 잡히나 뭐

그렇더라구요

그런데, 연애도 둘이 하는 게 아니더라구요
저처럼 남의 눈 많이 의식하고 사는 사람에게는

자기 혹시...
알바랑 연애해?

네?... 아니요?
아닌데요?

그치? 아니지? 아유 다행이다
나 걱정했었어~ 둘이 뭐 있나 하고
기분 나빴음 미안해~

그 사람 만나면서 좋은 건 그 사람 딱 하나
여러모로 씁쓸한 경험도 많이 하게 되고
사람에 대한, 사회에 대한 경멸이 점점 더 늘어나더라구요

물론 나 자신에 대한 실망감도...

그런데 문제는, 그런 답답한 마음이 들 때마다
저도 모르게 남자친구에게 푸쉬를 가한다는 거에요

그래도 언제까지
알바만 할 순 없잖아

왜...
나 그렇게 답답해?

아니~ 그런게 아니라
난 자기가 좀 더 큰 세상을 보는 것도
좋을 것 같아서 해본 말이었어
미안해. 내가 주제 넘었지?

아니야 고마워

298

모르겠어요...
난 그 사람이 걱정되는 건지
내 남자친구 스펙이 걱정되는 건지
나 진짜 속물이죠?

속물이지, 완전 속물이야
근데 속물 아닌 사람
몇이나 있겠어?
문제는 그게 아니라

애초부터 당신 입맛에
맞는 남자를 만나지
왜 엄한 남자한테 맞지도 않는 옷을
억지로 입히려고 해 변태 같이?

하지만 그게 그 사람에게도
발전적인 거니까...

그건 당신 생각이지
자기 인생의 부족한 부분은
본인이 느끼고 스스로 채워 나가야지
왜 그걸 수험생 엄마마냥 닦달해?

그럼 내가
포기하는 수밖에 없겠네요?

좋다며? 좋으면 만나~ 뭘 포기해
다만 당신이 좋아했던 그 사람 그대로를 봐야지
왜 자꾸 바꾸려고 해?
애초부터 시작을 말든가

...

왜 멀쩡히 자기 인생 잘 사는 사람을
무능력자로 만드냐 이 말이야 내 말은

장점이 많은 사람이네
곰살맞고, 다정하고, 얘기 잘 들어주고

이런 모습들은 그쪽보다 스펙이 낮기 때문에
남자가 스스로를 낮추는 액션은 아니라고 봐
그저 그 남자가 기본적으로 결이 고운 사람인 거지
이걸 절대 당연하다 여겨선 안돼

잘난 척하는 못난이들이 얼마나 많은데

-끗-

302

턱끼지 차오르는 말

일찍이 결혼 한 번 해봤고
후회 없이 사랑했고, 그 사랑 끝나서
깔끔하게 헤어졌어요

그렇게 리프레쉬 하고
결혼 전처럼 다시 연애시대를 열었는데,

이혼이 이렇게나 큰 핸디캡이 될 줄은 몰랐네?

저기.. 난 유미씨가 좋아졌어요
자꾸 생각나고, 자꾸 보고싶어
유미씨 마음은 어때요?

아이쿠야

아니, 내가 아침 드라마 여주인공마냥
아이보리 가디건에 진주목걸이하고

미안해요..
난 자기를 사랑할 수 없어
왜냐면 난 ...

눈물바랑 할 수도 없는 노릇이고

이 언니 매력 터져
ㅋㅋㅋㅋㅋㅋ

엄청 애매해~
ㅋㅋㅋㅋㅋ

어느 타이밍에 커밍아웃을 해야 할지 모르겠어
감정이 본격적으로 시작된 후에 얘기하는 것도 무책임한 것 같고
그렇다고 만나자마자 얘기하자니

아ㅡ나ㅡ씨
타이밍을 못 잡겠구만

관계가 LTE급으로 무거워지는 느낌이 들더라구요

그르게.. 당황스러울 수도 있겠다
이 관계를 계속 진전시켜도 되나
고민도 들 거고

맞아, 우리 나이가 그렇잖아요
연애의 무게가 가벼우려면
한없이 가볍고
아니면 또 엄청 무겁고

다른 연인들에겐 필요 없는
스타트 미션이 하나 주어졌다고 생각해요
그게 어쩌면 신중한 시작을
할 수 있게끔 해주는
필터가 될 수도 있잖아

좋게 생각하면
그렇긴 하지

그래~ 좋게
생각하십시다
어쩌겠어요?

그냥, 더 이상은 상처 받기 싫은데
이혼 후엔 상처가 아물지는 않고
계속 덧나기만 하는 것 같아

안 다치려면 쎄져야지
더 행복해지려고 이혼한 거잖아
바꿀 수 없는 과거 때문에 괜히 신수 봉지 마요

누구나 남들에게
절대 보여주고 싶지 않은 먼지 가득한 지하실이 있죠

하지만 곁을 주고픈 누군가가 생기면
그 문은 언젠간 결국엔 열리게 되어 있잖아요

남들보다 조금 일찍 그 문을 열었다고 해서
절대 당신이 손해보는 게임이 아닙니다
당신에겐 이제 더 이상의 지하실은 없으니까요

—끗—